SARA CANO

ÉRASE UNA VEZ UNA PRINCESA QUE SE SALVÓ SOLA

NUBE **DE TINTA**

INTRODUCCIÓN

Escribir historias inmortales, eso es lo que queremos todos los escritores. Que los lectores puedan entenderlas hoy y mañana, hablen o no nuestro idioma, vivan en la casa de al lado o en la punta más alejada del planeta. Queremos que nuestras historias no mueran nunca y cualquier persona pueda sentirse identificada con ellas. Supongo que en el fondo esperamos que el pedacito que ponemos en ellas al escribirlas viva siempre que haya un lector dispuesto a leerlas, y que eso nos convierta, también, en un poco inmortales.

Eso es lo que quería cuando empecé a escribir los ocho relatos de *El futuro es femenino*, libro hermano del que estás a punto de comenzar. Di forma a estos relatos pensando en las niñas, en la que yo fui y en las que los leerían, y antes de que se publicaran tuve miedo de que al estar basados en mi infancia no fueran tan inmortales como me hubiera gustado. Al fin y al cabo, hace más de veinte años que yo dejé de tener diez, y las desigualdades que a mí me marcaron tal vez no tuvieran nada que ver con la realidad actual. Pero cuando el libro se publicó y empecé a recibir impresiones de los lectores, lo que realmente me asustó fue darme cuenta de lo equivocada que estaba: los más jóvenes reconocían perfectamente las desigualdades que denunciaban sus páginas porque las protagonizan día a día en sus colegios, en sus casas, con sus amigos y familiares. Las historias que yo había vivido hacía más de veinte años eran las mismas que estaban viviendo ellos.

El cuento, en definitiva, no había cambiado nada.

Por eso, cuando empecé a escribir los diez relatos que componen *Érase una vez una princesa que se salvó sola*, mi deseo fue muy distinto. Esta vez no quiero que mis relatos sean inmortales, sino todo lo contrario: espero con todas mis fuerzas que expiren muy pronto. Que un día no haya un solo niño o niña, en ninguna parte del mundo, que sienta que las situaciones que recoge este libro le han pasado a él, a ella o a alguien que conoce. Que pronto, cuanto antes mejor, dejen de ser relatos realistas y se conviertan en ciencia-ficción, en algo tan lejano y fantasioso como los cuentos de hadas clásicos, llenos de castillos, magos, brujas, dragones, príncipes siempre valientes y princesas siempre indefensas.

Sé que será complicado, porque un sistema no se desmonta de un día para otro, ni de un año para otro, ni siquiera de una década para otra.

Pero aunque las niñas y los niños a los que va dirigido este libro siguen a día de hoy atrapados en la jaula de un sistema desigual e injusto, también sé que son mucho más conscientes de sus barrotes, que para mí eran invisibles y para ellos van adquiriendo solidez. La única manera de combatir una injusticia es conocer su existencia, y creo que la infancia tiene hoy muchas más armas para luchar contra ella de las que tuvimos los adultos que los estamos educando.

Ojalá estos cuentos caduquen muy pronto, pero, mientras sigan vivos, espero que sean un arma más, un martillo con el que aporrear los barrotes de esa jaula invisible, una llave con la que abrir su cerradura o quizá la inspiración de un cuento nuevo. El que escriba alguna niña o algún niño cuando haga veinte años que dejó de tener diez, haciendo que estos resulten tan lejanos y anticuados como esos en los que las princesas siempre necesitaban la ayuda de un príncipe para escapar del peligro y nunca se salvaban solas.

Mis historias no serán inmortales, y eso significará que, por fin, habremos conseguido cambiar el cuento y escrito entre todos uno nuevo.

Nuevo de verdad.

ÉRASE UNA VEZ UNA PRINCESA QUE SE SALVÓ SOLA

Agustina Guerrero

Los padres de Nuria le tenían prohibidas dos cosas.

La primera era jugar con armas. Se lo tomaban tan en serio que en su cajón de los juguetes no había ni una pistola de agua. Una vez, un tío despistado se presentó en un cumpleaños con una ballesta de plástico que lanzaba ventosas, y sus padres reaccionaron como si del paquete acabara de salir una bomba. ¡Menudos exagerados! Nuria se partía de risa cada vez que se acordaba porque, que ella supiera, las armas de mentira nunca habían matado a nadie. Pero, en el fondo, lo entendía. Las armas solo servían para hacer daño, así que no le extrañaba que sus padres no quisieran tenerlas en casa, ni aunque fueran de juguete.

Pero la segunda prohibición… Esa sí que no la entendía. ¿Por qué no le permitían ver o leer nada que tuviera que ver con princesas? ¿A quién habían hecho daño, las pobres? ¡Si no habían matado una mosca en su vida! Tantas vueltas le dio al asunto, que se obsesionó con él. Cada vez que alguien le preguntaba qué quería de regalo, ella pedía algo de princesas. Ya fuera por Reyes, por su cumpleaños o por haber sacado buenas notas, Nuria solo quería un disfraz, una corona, una muñeca, una película… Le valía cualquier cosa, pero sus padres nunca aceptaban. Eran unos cabezotas, como los malos de los cuentos de hadas. Y, aunque seguía sin entender aquella prohibición, con el tiempo Nuria se hizo a la idea de que nunca tendría su propio disfraz de princesa.

Hasta el día que el libro apareció en su escritorio. No estaba envuelto, pero era rosa (¡color princesa!), y en la portada tenía dibujada una corona de purpurina. Nuria se puso nerviosa. ¿Sería para ella? Estaba en su cuarto, pero ¿cómo había llegado hasta allí? Su imaginación echó a volar. Tal vez un hada madrina la hubiera escuchado pedir una muñeca de la Bella Durmiente un cumpleaños tras otro y hubiera sentido pena por ella. Sí, ¡podía ser eso! Le había traído un libro mágico que le concedería un deseo cuando tocara sus páginas. O quizá, si se cortaba un dedo con el canto de una hoja, con la primera gota de sangre derramada aparecería… ¿El qué? ¿El disfraz que tanto quería, la corona, la muñeca? ¿La colección de películas que estaba prohibida en su casa? O, ya puestos a hacer magia, quizá se tratara de algo mucho más maravilloso. Un castillo, una carroza encantada, un príncipe convertido en sapo que, croando, le pidiera un beso…

Nuria se sentó frente al escritorio, nerviosa, y se dispuso a destapar el misterio. Esperaba aplausos, música de trompetas, fuegos artificiales. Se habría conformado con unas cuantas chispas, incluso, pero, al abrir el libro por la primera página, no pasó nada. Ni siquiera se le manchó el dedo de polvo de hada. Lo que se encontró, en cambio, fue la hoja de un cuaderno de rayas, en blanco salvo por una sola frase.

«Érase una vez una princesa que se salvó sola.»

¿Una princesa que se salvaba sola? Menuda tontería. Nuria no recordaba que eso hubiera pasado nunca. Las princesas no se salvaban solas. Para eso estaban los príncipes ¿no? Quizá aquello fuera una especie de prueba. Sí, podía ser. Nuria sonrió para sí. Había leído a escondidas suficientes cuentos como para saber que poner a prueba a la princesa antes de ofrecerle ayuda era un truco típico de hadas madrinas. Debía de haberle tocado un hada de las listas, pero por suerte Nuria también era una chica muy lista. Le tocaba a ella escribir el cuento. Y, si su madrina quedaba contenta, entonces aparecería con su varita para concederle lo que le pidiera. Un disfraz, una corona, una muñeca. Tal vez, si la historia era muy, muy buena, aparecería algo mágico de verdad. Un par de zapatitos de cristal, una rosa encantada, un filtro de amor. Las hadas madrinas nunca hacían peticiones así porque sí; si el cuaderno empezaba con aquella frase, debía de ser por algo. Nuria sacó la lengua entre los labios, como hacía siempre que se concentraba, y apoyó el boli en el primer renglón, justo después del punto. Pensó y pensó. No se sabía ningún cuento en el que las princesas se salvaran solas, pero quizá podía intentar reescribir alguno de los que ya conocía.

Blancanieves, por ejemplo. ¿Cómo podría haberse salvado de que su madrastra la envenenara con la manzana? ¿No comiéndosela? Demasiado fácil. Nuria no creía que ese fuera el tipo de cuento que el hada madrina quería. Se estrujó un poco más los sesos y entonces se le ocurrió una idea. ¿Y si la Madrastra no hubiera querido matar a Blancanieves? ¿Y si nunca le hubiera tenido envidia? Igual lo único que pasaba es que el espejo era un abusón, y lo que la Madrastra necesitaba en realidad era que alguien le recordara lo guapa que era, dijera lo que dijera ese espejo idiota. Quizá las dos habrían podido hacerse amigas, y haberlo roto juntas.

Nuria reescribió el cuento así, y cuando puso el punto y final, se quedó esperando un rato a que el hada madrina apareciera, pero no lo hizo. Nuria pensó que quizá con un intento no era suficiente, así que probó otra vez con *La bella durmiente*, su cuento preferido. En la versión de Nuria, Maléfica no se vengaba del rey por no haberla invitado al bautismo de su primogénita maldiciendo a Aurora, sino al propio rey. Le condenaba a cortarse con el filo de su espada al limpiarla antes de dirigirse a un combate y caía dormido para siempre. Aurora se hacía pasar por él, ganaba la batalla y le libraba del sueño eterno con un beso del amor más verdadero, el que una hija siente por su padre.

El hada madrina tampoco apareció entonces, así que Nuria lo intentó otra vez. A la tercera va la vencida, pensó. El bolígrafo comenzó a reescribir, prácticamente solo, el cuento de *La cenicienta*, donde la protagonista se iba de compras con sus hermanastras después de que estas le plantaran cara a la envidiosa de la madrastra. Le decían que ya estaba bien de tratar a la pobre Cenicienta como una esclava, la ayudaban con las tareas de la casa y, al final, iban todas juntas al baile, luciendo tres preciosos pares de zapatos de cristal a juego, y pasaban de quedar con ningún príncipe.

Esta vez, Nuria no esperó a que su hada madrina apareciera. Escribiendo sobre la Cenicienta se le había ocurrido una versión nueva del cuento de *La sirenita*. Ahora, en vez de enamorarse de un humano al que había visto una sola vez, y de lejos, lo hacía de un tritón que iba a su clase bajo el mar y al que nunca se le habría ocurrido pedirle que cambiara su cola de sirena por unas piernas de humana. Y, ya que estaba, escribió también una versión de *La Bella y la Bestia* en la que Bella conseguía escapar del castillo y avisaba a la policía, que terminaba encerrando a la Bestia en la cárcel por haberla tenido tanto tiempo secuestrada.

El hada madrina seguía sin aparecer. Nuria estaba empezando a quedarse sin ideas, y el cuaderno sin páginas. Revisó todos los cuentos que había escrito durante la tarde y se dio cuenta de que era la primera vez, que supiera, que aquellas princesas se salvaban solas. ¿Qué historia le faltaba por contar?, pensó mientras enroscaba un mechón de pelo alrededor del bolígrafo. ¡Pelo, claro!, exclamó, y en las últimas hojas que le quedaban, garabateó la historia de una moderna Rapunzel que, aburrida de vivir encerrada en su torre, convenció a unos pajarillos del bosque para que le trajeran unas tijeras. Después de cortarse la larguísima melena, trenzó con ella unas escaleras y escapó de la torre sin esperar a que viniera a rescatarla ningún príncipe.

Nuria puso el punto y final, orgullosa. Aquella última historia no la había escrito para el hada madrina. De hecho, se había olvidado completamente de ella. Ahora que tenía lo que siempre había querido, su propio libro de princesas, ya no necesitaba su magia. Entonces recordó que había dejado la puerta del cuarto abierta y fue a cerrarla. Tenía que esconder el cuaderno antes de que sus padres lo encontraran. Se acordó de la prohibición demasiado tarde. Cuando se dio media vuelta en la silla los vio allí, en el hueco de la puerta, y por sus caras Nuria supo que llevaban un buen rato espiándola. Y también supo otra cosa. Que aquellas historias no hacía falta esconderlas, porque a las princesas que tienen el valor para salvarse solas, nadie les prohíbe nada.

LAS PRINCESAS QUE MOLAN SE SALVAN SOLAS.

HELADO AGRIDULCE
Amaia Arrazola

Todos se quedaron pasmados al ver que la primera en quitarse la camiseta y el pantalón era yo. El primer baño de las vacaciones coincidía con el último día de curso, y siempre era Lidia, que tiene cuerpo de modelo de bañadores, quien inauguraba el verano con su modelito nuevo. Aquel año, sin embargo, no tuvo tiempo ni de bajarse los tirantes del vestido, porque yo ya había dejado a la vista mi traje de baño. Era el primero que conocían mis amigos, acostumbrados a verme pagar tres meses de abono en la piscina para luego no meter ni un dedo del pie en el agua. No sé qué les sorprendió más, si ver que me desvestía, o descubrir que lo que llevaba bajo la ropa era un bikini. Y no uno precisamente discreto y negro, color gorda, sino rosa fucsia. Mi favorito, el color que nunca me atrevía a ponerme. Ni siquiera había elegido el modelo que creía que mejor me sentaría: fui directamente a buscar el más bonito de toda la tienda, ese del que me había enamorado en el escaparate. «A por todas, Noelia —pensé mientras pagaba—. Si de verdad vas a hacer esto, no puede ser a medias.» Mientras me lo probaba, no tuve valor de mirarme al espejo. En la piscina, sin embargo, me senté de piernas cruzadas como si no me importara ser la única que estaba medio desnuda en el centro de un corro de gente vestida. En realidad, aquella era la única postura que disimulaba lo mucho que estaba temblando. Sentí cómo un pequeño acordeón de mi carne se derramaba sobre la cinturilla elástica de la braguita y tragué saliva. Todos me miraban con los ojos entrecerrados, incrédulos. Los míos habían empezado a escocer, estaba a punto de echarme a llorar. Pero, si lloraba, aquello no funcionaría. Y tenía que funcionar. Lo necesitaba. Así que hice lo primero que se me ocurrió: me pellizqué los michelines que sobresalían por encima y por debajo del ombligo con las dos manos y puse una voz muy grave, de monstruo de las cavernas.

—¿Qué pasa? ¿Qué miráis? —preguntaron los pliegues de mi barriga como si fueran una boca—. ¿Nunca habéis visto una tripa parlante?

Los pillé tan desprevenidos que solo pudieron echarse a reír. Pero, por primera vez, no se rieron de mí, sino conmigo.

Quise ponerme a dar brincos de alegría, pero no me atreví. Ni ellos ni yo estábamos preparados todavía para el espectáculo de chichas saltarinas que yo podía ofrecer. Así que dejé que Lidia, su cuerpo perfecto y su bikini de revista dieran paso al ritual de todos los años. «Calma, Noelia —me dije—, aún tienes tres meses por delante.»

Poco a poco.

Decidí que la risa se convertiría en mi escudo aquel verano. Cada vez que alguien se metía conmigo por gorda, la primera carcajada siempre era mía. Con el tiempo, insultarme dejó de tener gracia cuando vieron que ya no me dolía lo que decían. No era verdad, me dolía siempre. Pero había aprendido a disimular el pinchazo en el pecho, los retortijones de estómago o la furia asesina contra el bromista, así que todos pensaron que me había vuelto inmune. A veces incluso yo me dedicaba algún insulto, y en cuanto la burla salía de mis labios, perdía la capacidad de hacerme daño. Siempre que me reía de mí misma, escondía una mano y cruzaba disimuladamente el índice y el dedo medio, como cuando era pequeña y creía que aquel gesto tenía el poder de que las promesas dejaran de serlo. Era infantil y absurdo, pero me hacía sentir mejor. Me habían llamado tantas veces vaca, morsa, sebosa y fea que había acabado por creerme que lo era. Aquel verano solo tenía un objetivo: dejar de ver en el espejo a ese monstruo que todo el mundo decía que era. Porque yo no era ningún monstruo. Ni siquiera era fea. Tenía una cara bonita, redonda y pecosa, con forma de melocotón. Los labios carnosos, las mejillas llenas y sonrosadas. La piel suave, sin un granito. Una melena de leona que todo el mundo envidiaba. Ya era guapa, y no iba a serlo más por perder veinte kilos. Había días que me lo creía más que otros, pero aquel verano decidí fingir que no tenía una sola duda.

Y, a fuerza de fingir, empecé a creérmelo.

Cada día era una pequeña victoria: perderle el miedo a que la piscina se vaciara si me tiraba en bomba, atreverme a participar en la batalla de pistolas de agua sin miedo a lo que pensaran de mí, dejar que otra persona me pusiera crema en la espalda (y suspirar, aliviada, al ver que no ponía muecas de asco al tocarme) e incluso dejar que me sacaran fotos y me etiquetaran en redes sociales.

Solo me quedaba por ganar la batalla del helado.

Aquella era otra tradición, igual que el baño del último día de curso, igual que la de Lidia y su bikini: todos los días, después de comer, hacíamos una pequeña peregrinación al kiosco de los helados. Eso era lo único que no había conseguido cambiar: yo les acompañaba pero, como siempre, nunca pedía nada. La prueba más difícil no era mostrar mi cuerpo, ni aprender a blindarme contra los insultos, ni siquiera mirarme al espejo y recordarme todos los días que era guapa, que ya lo era, que no necesitaba perder veinte kilos para serlo. Lo más difícil era aguantar las ganas de pedir un helado enorme, como el que todos los días se pedía Lidia. Ella, que no tenía un solo kilo de más del que preocuparse, siempre compraba el helado más grande. El de tres bolas, el de los sabores más ricos. Y, luego, se dedicaba a menearlo como un micrófono bajo el sol mientras se le derretía en la galleta. Yo no podía entenderlo. Tenía unas ganas tremendas de quitárselo y comérmelo yo. Seguro que ni se daba cuenta, porque lo sujetaba sin ganas. No lo miraba, no lo lamía... Nada. Solo habría tenido que estirar la mano, separarle despacito los dedos del cucurucho y comérmelo de tres mordiscos. Habría sido superfácil. Pero no podía. Tenía miedo de que todo lo que había conseguido se desmoronara al primer lametón, de que las bromas y las caras de asco que todos ponían cuando veían comiendo a la gorda regresaran con el primer mordisco a un polo.

El verano fue derritiéndose lentamente, como las bolas de crema en los cucuruchos de Lidia, sin que ninguna de las dos hubiéramos comido un solo helado.

—Termínatelo, anda, que te hace falta —escuché que le decían un día entre risas cuando se dirigía a tirarlo a la papelera.

Siempre estaba demasiado concentrada en el helado como para prestarle atención a nada más, pero aquel día se me puso la piel de gallina. Aquellas eran las risas que ya no se atrevían a dedicarme a mí. Se reían de Lidia, no con ella. E, igual que a mí me llamaban zampabollos, tragaldabas, sebosa, a ella la insultaban llamándola flaca, lombriz, esqueleto.

Fea.

No me lo podía creer. Lidia tenía el cuerpo que yo siempre había querido tener, el cuerpo que yo creía un seguro contra las críticas... Pero, por lo visto, ni siquiera ella estaba a salvo. Empecé a fijarme en que se tapaba el vientre hundido con los brazos cada vez que alguien le hacía una foto. En que nunca se tumbaba de espaldas en la toalla porque se le marcaban las costillas. En que se ponía la camiseta en cuanto salía del agua diciendo que tenía frío, pero que en realidad le daba vergüenza no rellenar la parte de arriba del bikini. En que siempre se pedía el helado más grande, el de tres sabores, pero no porque le apeteciera.

Sino para que dejaran de llamarla palillo, chupada, pellejo.

El último día de piscina, cuando vi que se apartaba del grupo para tirar el cucurucho en la papelera de los vestuarios, me acerqué a ella y le agarré de la muñeca.

—¿No lo quieres? —le pregunté.

—Es que estoy llena —se disculpó—. He comido muchísimo, ya no me entra más, pero si no me lo pido…

—Si no te lo pides, pasa lo mismo que si me lo pido yo.

Lidia me miró de arriba abajo. Sus ojos recorrieron mi bikini fucsia, mis michelines desbordados sobre la braguita, mis muslos enormes.

—Te queda muy bien —dijo, como si acabara de darse cuenta—. Estás muy guapa.

—Tú también —le dije, extendiendo la mano hacia el helado.

Todos se quedaron pasmados cuando nos vieron salir juntas de los vestuarios. No sé qué les sorprendió más, si verme a mí comer helado sin ninguna vergüenza o la foto que Lidia acababa de subir a sus redes sociales.

La foto en la que las dos salíamos juntas, sonrientes, orgullosas.

Y más guapas que nunca.

ESPEJITO, ESPEJITO: TÚ, CALLADITO.

CINCO VECES

Ilustración de Lady Desidia

La primera vez me lo tomé a broma.
La segunda le pedí que parara.
La tercera le grité que me dejara en paz.
La cuarta le di un empujón.
La quinta le crucé la cara.

El bofetón nos pilló a todos por sorpresa. A mí, que se lo di sin pensar. A Jorge, que lo recibió sin esperárselo. A sus amigos, que callaron un momento antes de echarse otra vez a reír. Solo que esta vez no de mí, como antes, sino de él. Jorge les bufó, rabioso, y las risas pararon. Se tocó la mejilla, donde empezaba a asomar la silueta de mi mano, y me miró con la boca muy abierta. Yo estaba tan sorprendida como él. En mi vida había pegado a nadie. Me arrepentí enseguida y le pedí perdón.

Jorge se apartó la mano de la mejilla y vio que tenía los dedos manchados de sangre. Me asusté. No le había pegado tan fuerte. Me miré la mano y vi el anillo en el dedo anular. Le había hecho una herida en el pómulo, un corte pequeño, pero profundo, del que salía sangre. Se le mezclaba con el sudor, manchándole el carrillo entero y goteándole por el cuello de la camiseta blanca, haciendo que pareciera más grave de lo que era.

Volví a pedirle perdón. Le dije que no quería hacerle daño, que solo quería que me dejara en paz. Me ofrecí a explicárselo al profesor y a acompañarle a la enfermería, pero Jorge se limpió la mano en la camiseta, escupió en el suelo y entrecerró los ojos, rabioso.

Quise pedir perdón de nuevo, pero no tuve tiempo.

—¡Profe, me ha pegado y me ha hecho sangre! —gritó.

Las combas dejaron de azotar el suelo y los balones medicinales de golpear las paredes del gimnasio. Los gritos y las risas del gimnasio se convirtieron en silencio total. Ramón, el profesor de Educación Física se levantó de la colchoneta donde sujetaba los tobillos de una chica para ayudarla a hacer abdominales. Mientras se acercaba, su expresión pasó del fastidio a la sorpresa y, por último, a la alarma. Examinó la herida de Jorge, preocupado. Luego siguió con la vista el dedo acusador que me señalaba y me miró con enfado.

—¿No te he dicho que te cambiaras de pareja? —me preguntó, molesto.

—Es que no había nadie libre y… Yo no quería pegarle, profe —traté de explicar—. Le he pedido que parara. Se lo he pedido cinco veces, pero…

Ramón ni siquiera me dejó terminar.

—A dirección —sentenció.

—Pero…

—A dirección, he dicho —repitió, y no hubo más que discutir.

Jorge estuvo agarrándose la mejilla con gesto de dolor y los ojos llorosos todo el trayecto hasta el despacho de la directora. Ramón llamó a la puerta, y la directora levantó la cabeza de los papeles que estaba leyendo con gesto de aburrimiento. Lo primero que vio fue la mueca de enfado de su colega. Lo segundo, la camiseta manchada de sangre y el gesto de dolor de Jorge. Lo tercero, mi cara de culpabilidad.

—¿Qué ha pasado aquí? —preguntó, levantándose de la silla.

—Bea me ha pegado y me ha hecho sangre —se quejó Jorge con voz lastimera.

—No quería pegarle —farfullé yo—. Le he pedido que parara. Se lo he pedido cinco veces, pero…

—No querías, pero ¿le has pegado? —me preguntó la directora.

—Sí —reconocí con la cabeza gacha.

Esperé a que me preguntara por qué, pero no lo hizo.

—Siéntate, Bea —me dijo, en cambio, señalando una silla frente a ella. Y luego, dirigiéndose a Ramón—: A Jorge llévelo a la enfermería.

La puerta se cerró y las dos nos quedamos solas en el despacho. La directora buscó mi expediente en el ordenador y negó con la cabeza.

—Bea, esto no es propio de ti… ¿Cómo se te ocurre pegar a un compañero? —No era una pregunta de verdad, porque no me dejó tiempo para contestarla—. Lo siento, pero no tengo más remedio que expulsarte. Llamaré a tus padres y…

—¿Y a los de Jorge no va a llamarlos? —pregunté, señalando a la puerta por la que se lo acababan de llevar.

—Por supuesto —respondió la directora, cogiendo el teléfono—. Espero que sean razonables y todo este incidente no vaya a más…

Yo tragué saliva, asustada. ¿A más? ¿Qué más podía pasar? No quería pegarle. Le había pedido que parara. Se lo había pedido cinco veces, pero…

—¿Y qué castigo van a ponerle a él? —me atreví a decir, con un hilo de voz.

La directora parpadeó dos veces, confusa. Dejó de mirar al ordenador y me miró a mí, con el teléfono aún en el aire a medio camino de la oreja.

—¿A qué te refieres?

—Hoy nos tocaba practicar el pino para el examen de acrobacias del primer trimestre. Nos han puesto por parejas, y me ha tocado con Jorge —la voz empezó a temblarme un poco—. Se suponía que tenía que sujetarme, pero cada vez que yo levantaba las piernas, él aprovechaba para bajarme la camiseta y dejarme en sujetador delante de sus amigos.

La directora no dijo nada, pero su mano descendió unos centímetros.

—No quería pegarle. Le he pedido que parara… —Cada vez me costaba más hablar—. Se lo he pedido cinco veces, pero….

Callé un momento, avergonzada, con los ojos clavados en la mesa de la directora. No quería llorar, pero no podía evitarlo.

—¿Te has quejado a Ramón? —preguntó ella.

—Dos veces —reconocí.

—¿Y él qué ha hecho?

—Primero le ha pedido que me dejara en paz, luego… Bueno, me ha dicho que no le hiciera caso, que intentara cambiarme de pareja. Que era algo normal, una tontería de críos. Que ya sabía cómo son los chicos a esa edad. —La vergüenza se convirtió en rabia—. Pero todos sus amigos se estaban riendo de mí. Y él no me dejaba en paz, y yo me he puesto nerviosa y…, lo siento, de verdad. Sé que no está bien, pero tenía que defenderme.

Cuando levanté la cabeza, vi que la directora había colgado el teléfono y me miraba a los ojos. Sin decir nada más, se giró hacia la pantalla y tecleó algo rápidamente. De la impresora salieron dos hojas que ella firmó y selló con gesto ágil. Estaba metiéndolas en un sobre cuando volvieron a llamar a la puerta del despacho.

Ramón dejó que Jorge pasara primero. Tenía el corte cubierto por una gasa cuadrada, la camiseta todavía manchada de sangre y cara de dolor.

Quise pedirle perdón otra vez, pero en ese momento, la directora se levantó de la silla. Yo extendí la mano para recibir el sobre con la expulsión firmada. Pero ella pasó de largo, se acercó a Jorge y extendió el brazo.

—Esto es para ti —le dijo—. Tu parte de expulsión.

—¿*Mi* parte de expulsión? —protestó él, incrédulo, señalándome primero a mí y luego la mancha de su camiseta—. ¡Pero si me ha pegado Bea! ¡Me ha hecho sangre!

—Cinco días. Uno por cada aviso que te ha dado —dijo la directora, acercándose a la entrada del despacho—. Puedes quedarte aquí hasta que tus padres vengan a buscarte.

Jorge se quedó blanco y dejó de protestar.

—Puedes irte, Bea —me dijo la directora, haciendo un gesto hacia la puerta.

Al ver que seguía clavada en el sitio, confusa, relajó su expresión severa durante un segundo.

—Bea, ya te puedes ir, de verdad —repitió, con voz amable.

—Yo la acompaño —se ofreció Ramón.

—No —respondió secamente la directora—. También hay un sobre para ti.

Mientras salía al pasillo, miré a la directora y le di las gracias en silencio por haberme defendido, por haberme creído. Ella no dijo nada, pero, justo antes de cerrar la puerta, me miró una última vez a los ojos y asintió.

Y supe que ella había estado en mi lugar muchas más de cinco veces.

LA BESTIA RUGIÓ.
Y LA BELLA RESPONDIÓ.

DOS GOTAS DE AGUA

Ilustración de Naranjalidad

Diana está desenredándose la melena. El cepillo tropieza con un nudo y se le escapa un ¡ay!, el tercero de la mañana. Tiene el cuero cabelludo sensible de tanto tironear y una envidia horrible de Darío, su hermano mellizo, que lo único que se hace en el pelo es revolvérselo con los dedos.

Los reflejos de Darío y Diana coinciden en el espejo del cuarto de baño y, por un momento, se mezclan. Son tan parecidos que, si vistieran igual, todo el mundo los confundiría. Hasta su madre admite que cuando nacieron, solo los reconoció por los gorritos de ganchillo que llevaban en la cabeza. El de Darío, azul; el de Diana rosa, claro. Miden lo mismo, tienen la misma mata de pelo rizado, la misma cara, el mismo todo. Son iguales. Idénticos. Dos fotocopias.

Dos gotas de agua.

Diana mira a su hermano, que ha tardado cinco minutos en vestirse y ahora remolonea en la cama hasta que sea hora de coger la ruta escolar. Ella sigue en pijama, de pie frente al armario abierto, indecisa. Ha elegido la falda vaquera, el top morado y las medias rosas. Darío ha arrugado un poco la nariz, pero ella no le ha hecho caso. Quiere ir guapísima, y piensa vestirse como le dé la gana. Pero a los cinco minutos empieza a pensar que igual se ha equivocado. El top es bonito, pero demasiado ajustado. Diana ni siquiera ha salido de casa, y ya está sudando a mares. Mira el reloj y se da cuenta de que ya es casi la hora y no le da tiempo a cambiarse. Luego mira a Darío. Su hermano está jugando a algo en el móvil, con un brazo doblado bajo la cabeza, dejando a la vista una axila peluda. Diana resopla con envidia. A ella le pican las axilas, ha tenido que afeitárselas en la ducha porque hoy tienen Educación Física. Tendrá que estar todo el día aguantándose las ganas de rascarse para que no le digan que parece una mona. Pero claro, tampoco puede jugar al balonmano con la mata de vello asomando por las mangas cortas de la camiseta. Si hiciera eso, todo el mundo se reiría de ella. No la llamarían mona, sino loba, o guarra, o algo peor.

Su padre entra en el cuarto, apurado. Si no salen ya, van a perder el autobús. Los acompaña hasta la puerta y los despide con un beso antes de salir de casa.

—No hagas mucho el trasto en clase —le advierte a Darío—. Sé responsable y vigila a tu hermano, que es un cabra loca —le pide a Diana.

Diana resopla una vez más, entra en el ascensor y, mientras bajan, contempla el reflejo de los dos en el espejo de la cabina. Miden lo mismo, tienen la misma mata de pelo rizado, la misma cara, el mismo todo. Son iguales. Idénticos. Dos fotocopias.

Dos gotas de agua.

—¿Qué te pasa? —le pregunta su hermano cuando la ve pararse en la acera y llevarse las manos al pecho.

—Que estoy incómoda —responde ella, recolocándose por décima vez los aros del sujetador para que dejen de morderle las costillas. Y se siente más incómoda todavía cuando el chico mayor con el que se cruzan en el paso de cebra la mira de reojo con una sonrisa sucia.

Darío sube las escaleras del autobús brincando como una ardilla.

—Buenos días, campeón —le saluda el conductor—. ¿Qué te pasa, guapa, que hoy no me regalas esa sonrisa tan bonita? —le dice en cambio a ella.

Llegan temprano al colegio. Darío y Diana comparten aula, como comparten todo lo demás, pero ahora enfilan hacia el comedor. Para desayunar hay dos bizcochos, uno bañado en chocolate, el otro espolvoreado con azúcar glas. En la frente del monitor del comedor se dibuja una profunda arruga cuando ve que Diana vuelve a su sitio con un trozo de cada.

—¿Estás segura? ¿No será mucho para ti? —pregunta.

A Diana se le encoge el estómago y mira a su hermano.

—No le hagas ni caso, cómetelo, que si no vas a pasar hambre —le dice él.

Pero el comentario le ha amargado el dulce y, después de dar el primer bocado, Diana deja el resto en el plato de su hermano.

—Venga, Darío, termínate todo el desayuno —le anima el auxiliar, que ha dejado de fruncir el ceño y ahora sonríe—. Necesitas energía para hacerte un chico grande y fuerte. Estás en edad de crecer.

Las clases ni siquiera han empezado y Diana ya intuye que va a ser un día muy largo. Antes de sentarse en el pupitre, Lucía ya le ha dicho que la falda es muy bonita, pero que le hace el culo un poco gordo. Diana nunca se había fijado en que tuviera el culo gordo. Iria ha comentado que el rojo le sienta mejor que el morado, pero que no iba demasiado mal. Por si fuera poco, la cinturilla de las medias se le enrosca en un incómodo rollito que le aprieta la barriga cuando se sienta. La falda también se le sube, tiene que estar recolocándosela todo el rato para que no se le vea nada en clase. Diana mira a Darío, despatarrado en la silla en una postura comodísima, vestido con unos pantalones vaqueros y una camiseta ancha, y resopla otra vez.

Cuando la profesora entra en clase, las cosas no han mejorado. A Diana le parece que nunca la han corregido tanto en clase, ni se ha pasado tanto tiempo esperando su turno con el brazo en alto como hoy.

En el partido de balonmano se ha ofrecido a ser capitana del equipo, pero todos han preferido elegir a su hermano. Nadie quería que una chica les dijera qué hacer, así que cuando ha intentado proponer alguna jugada la han despachado con un «no seas mandona». Diana ha empezado la mañana dolorida, molesta, y termina la tarde agotada, como si durante el día hubiera combatido en un millón de batallas.

Siente que las ha perdido todas.

—Que pases buena tarde, campeón —le dice el conductor de la ruta escolar a Darío cuando deja a los mellizos en la parada más cercana a su casa—. Alegra esa cara, bonita, que sonriente estás más guapa —se despide de Diana antes de arrancar de nuevo y marcharse.

En vez de caminar hacia el portal, Diana se sienta en un banco. Se abraza las rodillas contra el cuerpo y esconde la cabeza en el hueco.

—¿Estás bien? —le pregunta Darío cuando se da cuenta de que su hermana no lo sigue.

Diana respira hondo, se llena los pulmones de aire y levanta la cabeza.

—Me rindo —dice por fin. En los ojos de Darío refulge un brillo travieso—. Has ganado la apuesta. Te doy la paga de este mes y la del que viene, si quieres, pero mañana volvemos a ser nosotros mismos.

—Sabía que no ibas a aguantar ni un día —dice su hermano, ensanchando la sonrisa antes de quitarse la gorra, sacudir la melena enredada y convertirse de nuevo en Diana.

—Es cansadísimo —se queja Diana, que vuelve a ser Darío en cuanto se desabrocha el cierre del sujetador relleno de calcetines y se libera de la jaula que lleva todo el día apretándole el pecho bajo el top morado—. Ha sido el día más difícil de mi vida —insiste, resoplando.

—¿Ves como no exageraba? —dice Diana, dándole vueltas a la gorra de Darío que ha llevado todo el día puesta.

—Perdóname —se disculpa Darío, y aunque sabe que su hermana no se lo ha dicho en tono de reproche, agacha la mirada mientras juguetea con el borde de su falda prestada.

—No es culpa tuya que las cosas sean así —responde ella, cogiéndole de la mano—. Ni siquiera quiero que me des tu paga. Solo quería que lo entendieras. Que me apoyes cuando me quejo. Ayúdame a cambiar las cosas que no son justas.

Diana y Darío se quedan un rato sentados en silencio en el banco antes de levantarse y volver a casa caminando despacio, los dedos del uno entrelazados con los del otro. Son tan parecidos que, si vistieran igual, todo el mundo los confundiría. Miden lo mismo, tienen la misma mata de pelo rizado, la misma cara, el mismo todo. Son iguales. Idénticos. Dos fotocopias.

Dos gotas de agua.

EL PRÍNCIPE EMBRUJADO, CONVERTIDO EN PRINCESA, COMPRENDIÓ QUE LAS FALDAS PESAN.

El diario de Olivia

Ilustración de Ana Santos

Son los rizos, escribió Olivia en su diario.

Era el primer día de clase después de las vacaciones, y no podía dejar de pensar en la mata de bucles oscuros que Bruno, su compañero de pupitre, se había dejado crecer durante el verano. Ahora las rodillas le chocaban contra el pupitre y todos los kilos que había adelgazado se habían transformado en centímetros de altura. Bruno hablaba con una voz rara, tenía una sombra oscura debajo de la nariz y había empezado a usar colonia. Cada vez que se daba media vuelta para sacar un cuaderno de la mochila, a Olivia le llegaba ese olor intenso y nuevo. Y entonces la cara se le ponía caliente y roja.

Creo que me gusta Bruno, pero no sé si es por los rizos o por el olor.

Su primer diario se lo regaló su tío cuando tenía siete años. Era un cuaderno pequeño, de tapa dura y páginas perfumadas con un ligero aroma a fruta. Tenía un candado dorado y una llavecita minúscula.

—Para que escribas lo que no quieras que sepa nadie más —le dijo su tío antes de darle un beso en la coronilla—. Tus secretos.

Olivia empezó a escribir aquella misma noche. Cuando se le terminaron las páginas, pidió otro cuaderno igual, y luego otro, y otro más. Escribía todas las noches, aunque no tuviera nada interesante que contar. Le gustaba releer sus palabras, recordar lo que había hecho aquel mismo día hacía dos o tres años, ver lo mucho que iban cambiando su rutina, sus pensamientos, sus intereses.

Como el que repentinamente sentía por Bruno, en quien nunca se había fijado a pesar de que llevaban años sentándose juntos. Olivia permitió que la sonrisa que había disimulado en clase asomara tímidamente y siguió escribiendo en su diario secreto todas las cosas que le gustaban de él.

Me gustan sus rizos. Y su colonia. Me gusta que se le pongan las orejas rojas cuando pregunta algo en clase y sin querer le sale un gallo. Me gusta que deje un paquete de pañuelos con olor a menta entre su mesa y la mía cuando tengo alergia y yo me he olvidado los míos en casa. Que me ayude a poner bien las tildes en las redacciones de Lengua. Que me roce con el brazo cuando se da la vuelta para meter algo en la mochila.

Olivia iba añadiendo detalles a su lista. Ya no escribía en un cuaderno con candado y llavecita, porque su hermano había aprendido a forzar la cerradura de sus diarios con una horquilla y se los robaba para fastidiarla. Ahora escribía en un cuaderno idéntico a los que llevaba al colegio, y lo guardaba entre ellos para que su hermano no pudiera encontrarlo.

Después de las vacaciones de Navidad, Olivia tuvo que empezar una lista nueva. Ahora lo que le provocaba sonrisas era que Tomás se hubiera puesto un pendiente en la oreja derecha. Que asomara la lengua por la comisura de los labios cuando se concentraba. Que todos los días se llevara la guitarra al recreo y tocara los acordes de la última canción que estaba aprendiendo.

En Semana Santa, a Olivia empezó a gustarle la caracola negra que Mateo llevaba colgada del cuello con un cordón de cuero. La forma en que soplaba para apartarse el flequillo de los ojos. Los dibujos que hacía a boli en el interior de las tapas de los libros de texto. Y, sobre todo, le gustaba que se hubiera mudado a un edificio muy cerca del suyo, porque así tenían una excusa para volver juntos a casa todos los días.

Era mayo cuando Mateo la invitó a jugar a la videoconsola, y ella se atrevió a darle un beso antes de despedirse en su portal. Olivia le contó a su diario cómo fueron los viajes de vuelta a casa y los besos que siguieron a aquel. Pero también le confesó que Mateo había dejado de invitarla a ella y había empezado a acompañar a casa a Elisa, que llevaba brákets transparentes y tenía los ojos más verdes de todo el colegio. El diario de Olivia fue el primero en enterarse de que, un mes después de dejar a Elisa, Mateo empezó a pasearse por el patio de la mano de Belén como si estuvieran pegados con pegamento. Y también registró el día en que Mateo se llevó el monopatín al recreo para impresionar a Tania, la maestra del skate.

Olivia sentía una tristeza que no había sentido nunca. Pasaba mucho tiempo en su cuarto, escribiendo secretos en su diario.

—Últimamente no nos cuentas nada, Olivia. Vamos a tener que echarle un vistazo a tu diario para enterarnos de qué te pasa —bromeó su padre un día durante la cena.

Solo de pensarlo, a Olivia se le revolvió el estómago. Esa misma noche, guardó el diario entre sus cuadernos de clase y lo camufló lo mejor que pudo para que nadie, nadie, pudiera encontrarlo.

El curso estaba a punto de terminar, y Olivia solo quería perder de vista a Mateo. No podía evitar mirarle, como hipnotizada, cada vez que lo veía con alguna chica que no era ella. «Mirar a Mateo» aparecía anotado en su cuaderno bajo el título de «Cosas que me hacen daño», justo después de la punzada que notaba en el estómago cada vez que le devolvía una sonrisa, y justo antes de lo nerviosa que se ponía cuando le hablaba.

—¿Me prestas el cuaderno de Inglés para copiar las listas de vocabulario? —le pidió Mateo unos días antes del examen.

Olivia se puso roja hasta el nacimiento del flequillo y, aturullada, rebuscó en su mochila. ¡Mateo le había pedido el cuaderno! Quizá, después de todo, aún hubiera esperanza.

—Toma —farfulló—. Puedes devolvérmelo mañana.

Después de cenar subió corriendo a su cuarto. Cuando fue a contarle a su diario que al día siguiente tendría una nueva excusa para hablar con Mateo, casi se le corta la digestión. Porque lo que le había prestado en medio de su despiste no eran las listas de vocabulario del examen de Inglés, sino otra muy distinta.

Su lista de secretos.

Olivia pensó en todas las cosas que le gustaban de Mateo. Intentó tranquilizarse pensando que era un buen chico, que sus secretos estaban a salvo. Después de todo, en su diario aparecían cosas que él tampoco querría que se supieran, ¿verdad? Pero no pudo dormir en toda la noche. Por la mañana estaba tan cansada que hasta le costaba enfocar la vista. Por eso tuvo que frotarse los ojos, dos veces, al entrar en clase y leer lo que había en la pizarra. Una lista de nombres, escrita con unas feas letras mayúsculas de tiza blanca. Y, encima de todos ellos, una frase.

A OLIVIA LE GUSTAN TODOS.

Olivia vio que a Bruno y Tomás, pero sobre todo a Mateo, los trataban como si hubiera que colgarles una medalla por haber hecho algo importante. A ella, sin embargo, la señalaban como si la hubieran pillado haciendo algo asqueroso y vergonzoso. Tan asqueroso y vergonzoso, que tardó casi dos horas en reunir el valor suficiente para acercarse a Mateo.

—¿Me devuelves mi cuaderno, por favor? —pidió, con voz temblorosa y húmeda.

Mateo se lo entregó como si en vez de un cuaderno fuera una babosa repugnante, y a ella le quemaron las manos casi tanto como las mejillas mientras lo recibía y lo guardaba rápidamente en la mochila.

Después de cenar, Olivia subió a su cuarto como todos los días y sacó el cuaderno de la mochila, pero no escribió nada. No escribió sobre los mensajitos que la gente de clase se pasaba de móvil en móvil para reírse de ella o compartir fotos con páginas enteras de su diario. Ni sobre los insultos que tuvo que soportar durante varios días. Ni tampoco que estaba empezando a odiar a Mateo.

Faltaba un día para que terminara el curso cuando Olivia entró en clase y se dio cuenta de que todo el mundo cuchicheaba con los ojos clavados en la pizarra. Sintió una náusea solo de pensar que allí encontraría su nombre coronando una nueva lista de insultos, pero consiguió reunir el valor para levantar la cabeza y mirar.

Tania sujetaba su tabla de skate con una mano mientras con la otra añadía su nombre a una lista encabezada por un título escrito en letras mayúsculas.

A MATEO LE GUSTAN TODAS.

Antes de sentarse en su pupitre, junto a un Mateo que parecía a punto de incendiarse de vergüenza, Tania le pasó la tiza a Belén. Ella se levantó, escribió su nombre, y luego le pasó la tiza a Elisa. Y así, una a una, fueron saliendo a la pizarra todas las chicas a las que Mateo les había pedido salir. Una lista larga de nombres, cada uno con una caligrafía distinta.

Aquel día, cuando llegó a casa, Olivia volvió a abrir su diario y escribió una nueva lista. La de los nombres de las chicas que acababan de enseñarle a no volver a sentir vergüenza de sus secretos.

PRINCESAS UNIDAS, JAMÁS SERÁN VENCIDAS.

QUINIENTOS METROS

Ilustración de Elena Pancorbo

No le vi al subir al vagón. Iba con la música puesta, agotada después de las clases y cuatro horas de entrenamiento de salto de trampolín. No recuerdo fijarme en él, pero sí que aquel día el entrenador nos hizo practicar un salto tras otro hasta que sentimos las piernas de gelatina. Sé que debería haber estado más atenta, pero necesitaba escuchar algo animado. No recuerdo que bajara en mi estación, ni que hubiera nadie detrás de mí en las escaleras mecánicas. Quizá ya estaba en el andén. Quizá me vio al salir de la boca del metro. No lo sé. Tampoco sé si era joven o viejo, alto o bajo, gordo o flaco. Solo sé que me quedaban quinientos metros para llegar a casa. Y que en quinientos metros pueden pasar muchas cosas. Eso fue lo primero que dijo Marina, la mujer de mi padre, cuando supo que mis entrenamientos terminarían de noche. Yo pensé que exageraba. Quinientos metros. Diez minutos de camino a paso lento. Ni siquiera. Le quité importancia y rechacé su oferta de venir a buscarme al tren todos los días. Qué tontería. Ya era mayor, y solo eran quinientos metros. Podía recorrerlos con los ojos cerrados.

Se me hubieran cerrado, de hecho, de no haber llevado la música a todo volumen para evitar dormirme de pie. No sé si me llamó, si me chistó, si me dijo algo. No lo recuerdo. Sí me acuerdo del tirón. Fue pequeño, una sacudida. Pensé que se me había enganchado la correa de la bolsa de deporte en un árbol, en el reposabrazos de un banco, en el poste de una papelera. Tiré de ella para desengancharla sin volverme a mirar. Pero se resistía. Un puño de nudillos blancos apretaba la correa. Una mata de vello oscuro se perdía por la manga de un abrigo color mostaza. Solo recuerdo el cielo negro. El fogonazo amarillo de las farolas. La sangre helada. Los pulmones cerrados. Las piernas de gelatina, incapaces de dar un paso.

Recuerdo que tiró otra vez, con fuerza, y me atrajo hacia sí.

No le vi la cara. No sé qué quería. Pero en mi mente volvió a sonar la voz de Marina, recordándome todas las cosas que podían pasar en quinientos metros, y me lo imaginé.

Recuerdo sentirme culpable. Tendría que haber prestado más atención, pero estaba cansada, y lo único que quería era llegar a casa. Quinientos metros en línea recta desde la boca del tren hasta el portal. Por lo menos cincuenta farolas encendidas. Ni siquiera era demasiado tarde. Solo era de noche.

No recuerdo echar a correr, pero corrí. Mis piernas despegaron del suelo, mis pulmones se llenaron de oxígeno. No recuerdo soltar la bolsa para salir corriendo, pero sí sus gritos, el sonido de las suelas de sus zapatos al aporrear la acera al perseguirme. No recuerdo que mis músculos olvidaran el cansancio, ni que batieran ninguna marca de velocidad en aquellos quinientos metros. No recuerdo cruzar el portal, ni llegar a casa, ni cerrar la puerta, ni esperar con la espalda pegada a la madera, que todavía vibraba del portazo mientras los jadeos me sacudían el pecho.

No recuerdo casi nada. Solo el cansancio. Las ganas de llegar a casa. La música alta.

El miedo.

Pensé en no contar nada.

No quería que nadie supiera lo descuidada que había sido, ni tampoco que me echaran la bronca por irresponsable. Creí que mi padre me sacaría del equipo de trampolín si se enteraba, con lo que me había costado que me aceptaran, pero no pude disimular. Marina y mi padre me encontraron jadeante, con la espalda apoyada contra la puerta. No me impidieron volver a entrenar, pero prometieron ir a buscarme a la parada del tren todos los días después del entrenamiento.

Los jadeos, los latidos acelerados, el dolor de piernas…, todo eso se calmó.

Pero el miedo se quedó conmigo.

De noche tenía pesadillas. De día también. Intentaba espantarlas diciéndome que me había asustado sin motivo. Que en realidad aquel hombre solo quería avisarme de que llevaba la bolsa abierta o los cordones desabrochados. De que se me había caído algo al suelo. Pero entonces recordaba la fuerza del tirón, la forma en que me había perseguido, y el miedo volvía. Me culpaba por no haber dado media vuelta para comprobar si había cruzado el portal conmigo ese día. Me aterrorizaba la posibilidad de encontrármelo esperando al otro lado de la puerta en los siguientes. Tenía miedo de no recordarle, de no reconocerlo si me lo cruzaba por la calle. Me castigaba por no haber prestado más atención, por haberme empeñado en recorrer sola esos quinientos metros.

Por duro que fuera el entrenamiento, el sueño ya no me atacaba en el viaje en tren. Ahora salía de la piscina con el pelo mojado y los nervios de punta. Ya nunca escuchaba música. Elegía siempre el vagón más concurrido. Miraba atrás cuando las puertas automáticas se cerraban a mis espaldas, vigilaba en todas direcciones al subir las escaleras mecánicas. Los días que Marina o mi padre no podían venir a buscarme, esperaba en la estación el tiempo que hiciera falta a que todo el mundo se hubiera marchado y, cuando estaba segura de estar sola, me atrevía a salir. Un sudor frío me recorría la columna y me ponía el vello de punta cada vez que frente a mí se extendían aquellos quinientos metros en línea recta con sus cincuenta farolas, ni una sola fundida. Sacaba las llaves del portal y las escondía en el puño cerrado, con las puntas asomando entre los huecos como garras, por si necesitaba defenderme. Respiraba hondo y, aunque intentara frenarlas, mis piernas echaban a correr solas, sin importar lo cansadas que estuvieran.

El miedo se negaba a marcharse, pero con el tiempo aprendí a domesticarlo. A dejar que me dominara solo en aquellos quinientos metros. El día que me persiguió no le vi la cara. No sé qué quería. No recuerdo si era alto o bajo, joven o viejo, gordo o flaco. Solo tenía grabados en la memoria sus nudillos blancos y prietos y el vello oscuro perdiéndose por la manga del abrigo color mostaza. El mismo color que volví a distinguir una noche bajo el chorro de luz de una de las farolas que iluminaban mis temidos quinientos metros, casi a la altura del portal de mi casa.

Aquella vez, sin embargo, era él quien estaba de espaldas.

Otra vez la sangre helada. Los pulmones cerrados. Las piernas de gelatina. El miedo. Otra vez su mano extendida, esta vez para intentar pillar desprevenida a otra chica por la espalda. Una chica que llevaba una mochila al hombro y un par de auriculares enormes cubriéndole las orejas. Como yo. Que movía la cabeza al ritmo de la música intentando distraerse de los problemas del día. Que caminaba tranquila. Como yo.

Aquel hombre no solo estaba a punto de agarrarla del tirante de la mochila, sino de infectarla del mismo miedo que me tenía paralizada.

—¡EH!

El hombre se dio media vuelta para mirarme.

—¡Te he visto! —grité, agitando el teléfono en el aire—. ¡Déjala en paz! ¡No nos das miedo!

Las sombras le ocultaron la cara. No sé qué quería. No recuerdo si era alto o bajo, joven o viejo, gordo o flaco. Solo sé que corrí los casi quinientos metros que nos separaban con la ventaja de meses de entrenamiento. El hombre del abrigo color mostaza cruzó la calle como un fantasma al verme correr hacia él y desapareció a la carrera en la otra estación de tren.

La chica se quitó los auriculares y me miró con ojos asustados.

—No me he había dado cuenta… Estaba despistada.

Le temblaban las manos. A mí no. Se las agarré.

—No es culpa tuya.

—Siempre vuelvo sola a esta hora. Solo son quinientos metros.

—Lo sé. No es culpa nuestra.

Aquel día las dos entramos juntas al portal y nos despedimos sin decir nada. Pero a la noche siguiente, cuando bajé del vagón de metro, ella estaba allí, esperándome en el andén. Con su mochila, los cascos colgados alrededor del cuello. Dándome las gracias con la sonrisa. Unos minutos más tarde, las dos caminábamos juntas en la misma dirección. Ella con más miedo que el día anterior. Yo, con menos. Las dos sabiendo que todavía nos faltaban quinientos metros para llegar a casa.

Pero que ya no teníamos por qué recorrerlos solas.

CAPERUCITA SE HIZO UN ALBORNOZ DE PIEL DE LOBO FEROZ.

MARIPOSAS

Ilustración de Laura Agustí

A María le dan miedo las mariposas. No las arañas, ni las serpientes, ni las avispas. Ni siquiera las polillas. Las mariposas. Si alguna vez se atreve a contarlo, la corrigen.

—No es que no te gusten, es que te dan asco.

Pero María sabe que lo que siente no es asco, sino miedo. Si se cruza con una, no huye ni la espanta. Tampoco intenta matarla. Se queda helada, incapaz de moverse mientras nota cómo el corazón se le acelera y la lengua se le queda seca. Se queda quieta hasta que la mariposa desaparece o alguien la ahuyenta por ella. Sabe que no es un miedo muy normal, y no le extraña que la gente no lo comprenda.

—Pero mira lo frágiles que son.

—No hacen daño a nadie.

—Son preciosas y alegres. Tan coloridas, tan elegantes, tan suaves, con esas alas de pétalo.

María responde que tienen razón pero, aun así, sigue teniéndoles miedo. No puede verlas ni siquiera en foto, es superior a ella. No es un miedo muy normal, pero es que María no es normal. Porque si las mariposas que están fuera la aterrorizan, lo que le provocan las otras no tiene nombre. Las que viven dentro de ella.

Cuando las siente revolotear a la altura del ombligo, tiene retortijones. María no sabe cómo son las mariposas que viven en los estómagos de los demás, pero está segura de que las del suyo son seres asquerosos.

Seguramente por eso no revolotean cuando ve a Alejandro. A todas las chicas que conoce les encantan sus pelos de pincho y sus ojos verdes. Si las mariposas de María fueran normales, le habrían hecho cosquillas cuando Alejandro le pidió que fuera su novia el verano pasado, en medio de la batalla de globos de agua. Si no tuviera en su interior una plaga de bichos, ella habría respondido que sí.

Las alas de las mariposas de María se agitan por Julia, su mejor amiga. Cada vez que se muerde las uñas, se sube las gafas por la nariz o saca la punta de la lengua por la comisura de los labios, María tiene que clavarse los dedos en la tripa hasta hacerse daño. Les suplica a las mariposas que dejen de hacerle cosquillas, de provocarle ataques de risa tonta y ganas de acariciarle el pelo a su amiga. Les pide por favor que se mueran. Pero los insectos de su estómago no le hacen caso. María siente primero cosquillas, y después náuseas, y luego miedo. Cada vez que Julia la abraza, o la toca, o le da la mano, María se queda muy quieta, como si hubiera visto una mariposa de verdad, aparta la vista y evita mirar a su amiga hasta que la sensación pasa.

Hasta que vuelve a sentirse normal.

Pero María no es normal. Porque a las chicas normales no les dan miedo las mariposas. A las chicas normales no les gustan otras chicas. María no es tonta, a ella no la engañan. Aunque esté harta de oír que todo el mundo es libre de querer a quien le dé la gana, aunque Alba y Alicia, amigas de infancia de su madre, se casaran este verano, María sabe que no es lo mismo.

María se imagina a su amiga poniendo la misma cara que puso el día que le contó que le daban miedo las mariposas si le dijera lo que siente por ella, y se muere de pena.

Aunque María siempre responde que no sabe cuándo empezó su fobia, no es verdad. Fue después del primer campamento. Pasó quince días en un sitio precioso, durmiendo en unas cabañas de madera en medio de un bosque de robles. María tiene recuerdos muy vivos de aquel verano. Pero lo que mejor recuerda, de lo que cree que no se olvidará nunca, es del beso. Volvían de bañarse en el río, y las vieron de lejos. Carmen y Lucía, dos de las monitoras de las chicas, estaban besándose frente a la boca de la cueva. De pura sorpresa, María se quedó plantada en medio del camino durante un rato larguísimo, con los ojos muy abiertos, sin querer espiar y a la vez sin poder evitarlo. Nunca había visto a dos chicas besándose. En los libros que había leído, en las películas que había visto, los besos siempre eran entre chico y chica, pero ningún beso que hubiera visto antes la había hecho sentir aquellas cosquillas. El hormigueo que sentía en la tripa era agradable, pero se convirtió en un retortijón en cuanto empezaron las risotadas, el chasquido de los besuqueos burlones, los gritos.

—¡Carmen y Lucía se están besando!
—¡Carmen y Lucía son novias!
—¡Lesbianas! ¡Bolleras!

María recuerda el manto de mariposas de alas verdes que ocultó a las dos chicas mientras se separaban y corrían a esconderse en la cueva.

Si de verdad todo el mundo era libre de querer a quien le diera la gana, si todo aquello supuestamente era normal, ¿por qué reaccionaban como si no lo fuera?

Aquella fue la primera vez que notó el revoloteo de las mariposas en el estómago. También fue el día que empezaron a darle miedo.

María sabe que es un miedo muy raro, por eso casi nunca habla de él. Tampoco son insectos que se cruce todos los días. En el patio del colegio no hay, en el jardín de su casa nunca ha visto. En general se las apaña bastante bien y consigue evitarlas casi siempre.

Hasta hoy.

Hoy los han llevado de excursión al zoológico. Ya han visto el espectáculo de los delfines y también el de las aves rapaces. Han visitado a los elefantes, a los felinos, a las jirafas y a los hipopótamos. A las cebras, a los monos, a los rinocerontes, a los pavos reales. María ha disfrutado, asombrándose de jaula en jaula con los distintos animales. Lo estaba pasando bien hasta que se fija en el pabellón de cristal lleno de plantas tropicales al que se dirigen. María nota la humedad cuando sus compañeros abren la puerta para entrar en la cúpula. En ese momento lee el letrero que hay sobre la puerta y se queda clavada en el sitio.

Mariposario.

María no puede entrar ahí. Odia las mariposas. Las detesta. A todas. A las de las alas de pétalo y a los bichos que tiene dentro. Las odia tanto como el nudo que nota en el estómago cada vez que Julia mueve la melena. El calor que le enciende las mejillas si se las besa. El temblor de rodillas que no puede disimular cuando la abraza. Todavía no las ha visto, y ya nota las piernas flojas, el sudor frío.

—Vamos, ven, que no pasa nada —la llama Julia desde la entrada.

Pero sí que pasa. El revoloteo en el estómago. El retortijón de tripas.

—Yo no puedo, es por la fobia —se disculpa María.

—¿Y si te doy la mano? —le ofrece Julia.

Si me das la mano, peor, piensa María.

Entonces ve los dedos blancos extendidos hacia ella, la pulsera de estrellitas doradas, la alianza de plata con orejas de gato. Traga saliva, cierra los ojos y, sin pensar en lo que está haciendo, se agarra a ellos. Las mariposas se le suben por la garganta. María cree que va a vomitar, pero no vomita. Sin soltar la mano de Julia da un paso, y luego otro, y otro más, y cruza la puerta.

—¿Podemos quedarnos en la puerta? —pide.

Julia asiente, le aprieta la mano y el miedo se calma un poco. María ve el rastro anaranjado que dibujan las mariposas monarca en su vuelo. Se sorprende con los falsos ojos de búho que algunas tienen en las alas. Se asombra con las que se camuflan como si fueran hojas. Una pequeña bandada de insectos alados vuela hacia ellas. María cierra los ojos y se encoge, pero vuelve a mirar en cuanto oye reír a Julia. Cuando el torbellino pasa, su amiga le apoya la cabeza en el hombro.

—Me alegro de que hayas entrado, quería que lo viéramos juntas —le dice—. Me gusta hacer cosas contigo —añade.

—A mí me gustas tú —responde María.

Lo susurra muy bajito, con un hilo de voz. No sabe si Julia la ha oído, pero las mariposas sí, porque nota cómo abandonan su estómago y le revolotean por todo el cuerpo. María al principio se asusta, pero luego se siente bien. Es la mejor sensación que ha tenido nunca. Julia sonríe. No dice nada, pero aprieta con fuerza la mano que sigue cerrada en torno a la de María. La mano que, si por ella fuera, no soltaría nunca.

La mano que, por primera vez en su vida, le hace sentirse normal.

TIRA EL ZAPATO DE CRISTAL POR LA VENTANA Y BAILA CON QUIEN TE DÉ LA GANA.

Vergüenza

Desconfianza

Ansiedad

Tristeza

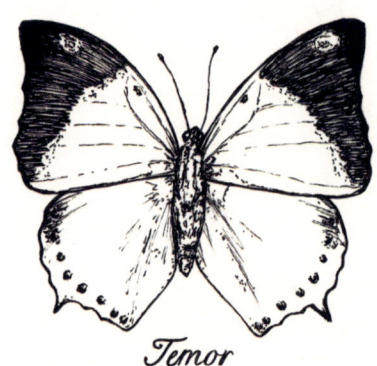
Temor

Agitación

Rabia

Burla

Miedo

Rechazo

Descontrol

Pena

Temblores

Culpabilidad

Hostilidad

DE AQUÍ

Ilustración de María Hesse

En el salón hay una montaña enorme de cajas de cartón. Akeng las recorre con los ojos y resopla. A saber en cuál está la mochila. Mira que se lo avisaron.

—Marca bien las cajas, que si no te va a costar mucho encontrar tus cosas.

Pero con la mudanza olvidó hacerlo. Demasiados cambios. Demasiadas decisiones que no quería tomar. Por ejemplo, si alisarse el pelo o llevarlo natural. Natural es más cómodo, pero ya ve las manos volando sin permiso hacia los rizos (¡cómo mola!, ¡parecen muelles!). Odia que le toquen el pelo. Ella no va por ahí pellizcando narices ni sobando orejas. Pero se deja hacer porque, si no, la insultan (¡cabeza oveja!, ¡pelopolla!). Si al menos las hubiera marcado con su nombre... El nombre, recuerda. También tiene que decidir lo del nombre. En la lista de clase aparecerá como Lorena, pero sus amigos y su familia la llaman Akeng. Tiene miedo de no darse cuenta cuando se dirijan a ella. ¿Qué es peor? ¿Tener un nombre raro, o ser la rarita que no sabe cómo se llama? Qué tonta. ¿De verdad piensa que va a pasar desapercibida? Le da un manotazo a la caja y se hace daño. Está enfadada. ¿Por qué han tenido que mudarse? Ya había conseguido hacerse un hueco. Uno en el que nadie le decía que volviera a su país, porque todos sabían que no tiene país al que volver. Ella es de aquí, aunque siempre tenga que repetirlo por lo menos tres veces. Ya había dejado de ser Akeng, la negrita, la morenita, la niña de color (¿de qué color?). Ya había conseguido ser Akeng, una de las nuestras. Ahora, si tiene suerte, volverá a ser una negra más. Si no, será una negra asquerosa. Enfadada, dolorida, ve un hueco entre las cajas de cartón. Un hueco, justo lo que está buscando. Por él asoma el tirante de su mochila. Encontrarla ha sido fácil. Menos mal, porque todo lo demás no va a serlo.

* * *

Salma une los bordes de la pañoleta bajo la barbilla con gesto experto y los cierra con un broche especial. Mina se fija en que sus labios dibujan una «o». No sabe si es parte del proceso pero, por si acaso, la imita mientras repite el ritual paso a paso. Pero debe de hacer algo mal porque, cuando termina, no puede mover la mandíbula. Se arranca la pañoleta de un tirón, enfadada. Solo tiene un día para aprender, pero no le sale. Salma frunce los labios, y luego hace la pregunta que Mina no quiere escuchar.

—¿Estás segura de que quieres empezar a llevar el *hiyab*?

Mina tira el pañuelo y se sienta en la cama. Sí. Al menos hasta que todos han empezado a preguntarle eso sin parar. Mina sabe que en realidad le están preguntando si quiere que la gente sepa quién es, de dónde viene, en lo que cree. Como si fuera vergonzoso, o peligroso. Eso fue lo que sintió el último día de agosto, cuando le pidió a su madre que le enseñara a ponerse el *hiyab* y ella se negó.

Mina no se enfadó. De hecho, le hizo gracia que su madre fuera la primera en oponerse, cuando seguramente todos pensarían que ella la obligaba a llevar el pañuelo. Por eso ha acudido a su tía Salma. Salma y Mina comparten mundos. Las dos son «de aquí», pero de puertas adentro siempre están «allí». Todos los días tienen que cruzar una frontera invisible, cambiar de idioma, de costumbres, disfrazarse para encajar. Mientras, su vida transcurre en un lugar intermedio. ¿Está segura de querer llevar el *hiyab*? Mina no lo sabe. Solo sabe que, cuando llegue al instituto, quiere dejar de ser Mina, la chica que no levanta sospechas, y ser Amina. Mostrar en público una parte del mundo que vive en privado. Con orgullo, sin miedo. Así que recoge el pañuelo del suelo y se planta de nuevo frente al espejo.

—Otra vez —le dice a su tía.

Y Salma vuelve a unir los bordes de la pañoleta bajo la barbilla con gesto experto.

* * *

Ascensor, piscina. Javiera mueve los labios y la lengua, pronuncia las palabras una y otra vez. Cuando le salen bien, pasa a las siguientes. *Discípulo, fascinante. Escena, prescindir. Visceral, descendencia*. Al principio las decía en voz alta, las repetía hasta que perdían el sentido, pero luego le dio vergüenza que alguien la tomara por loca. En realidad, no necesita hablar, solo tiene que practicar cómo asoma la lengua entre los dientes al pasar de la ese a la ce. *As-cen-sor. Pis-ci-na.* Es su asignatura pendiente antes de comenzar el curso: recordar que donde antes solo había un sonido, ahora hay dos. Todo lo demás le sale de maravilla. Ya nunca confunde el auto con el coche, ni el zapallo con el calabacín. No toma las cosas cuando hay que cogerlas. Responde al teléfono diciendo diga, y no va por ahí llamando a todo el mundo de usted. Si le hicieran un examen de pronunciar zetas, sacaría un diez. Solo le falla una cosa. La *pisina*. El *asensor*. El *disípulo*. La *esena*. Así es como lo dice cuando está con su familia en casa, o cuando llama por teléfono a su país. Ahí puede relajarse y sesear tranquila. Fuera, cecea solo las letras que corresponden. Javiera está muy orgullosa. Es como si, a fuerza de practicar, hubiera conseguido desarrollar un interruptor mental para hablar «bien». Quiere encajar en su nueva casa. Le gusta todo de este país, menos que le recuerden constantemente que ella es de otro sitio. Panchita, machupichu. Sudaca, mamasita. Culona, pechugona. A ver cómo mueves esas caderas. Arrímate un poco, enséñame a bailar salsa. Unas palabras tienen peor intención que otras, pero todas duelen. Le hacen sentir una intrusa. Como si hubiera venido a robarles sus ascensores, sus piscinas. Las palabras son poderosas, y Javiera lo sabe. Así que mueve la lengua y sigue repitiéndolas, una y otra vez, para hacerlas suyas. Para aprender a pronunciarlas con el acento «de aquí».

* * *

Quan tira la comida en el primer contenedor que encuentra. No sabe qué le ha puesto su padre. Da igual qué hubiera en el recipiente, porque algún graciosillo le habría preguntado si era perro. Porque los chinos comen perro. O carne de chino. ¿Tú has visto alguna vez un chino viejo? ¿O paseando un perro? Pues eso. De camino al instituto, Quan repasa mentalmente los rostros de los graciosillos. El que se estira los párpados hacia las sienes y la persigue por el pasillo gritando chinita, chinita. El que la aborda preguntando si quiere *selvesa*. El que comentará que, para ser china, es bastante guapa. El que contestará que eso no lo sabe, porque todos los chinos son iguales. Espera que el paso al instituto le traiga alguna sorpresa. Quizá algún graciosillo haga una broma nueva. Quizá algún profesor no asuma que las Mates se le dan bien porque es china. En cualquier caso, Quan se limitará a callarse y sonreír. Está harta de explicar que ella no es china. Que no ha estado nunca en el país de sus padres. Quan llega al instituto y busca su clase. Cuando entra, solo reconoce a Javiera, que tiene la piel tostada y unos ojos negrísimos que llaman casi tanto la atención como sus propios párpados rasgados. También hay una chica con velo, y otra negra con el pelo recogido en trencitas. Se siente egoísta, pero le alivia saber que no es la única rarita. Así tocan a menos pesados por cabeza. Quan se sienta en el sitio que le ha guardado Javiera. Antes de que pueda preguntarle qué tal ha pasado el verano, el chico del pupitre de delante se gira hacia ella. Quan no quiere hablar con él, pero hace un esfuerzo.

—Soy Fabio —se presenta él.

—Quan —responde ella.

—¿Juan? —se extraña él.

Quan resopla. Las cosas son más fáciles si eres simpática, así que vuelve a intentarlo.

—Como Juan, pero con «q».

—¿Y de dónde eres?

Quan no puede evitar poner los ojos en blanco. Va a decir algo, pero la voz que responde a Fabio no es la suya.

—Pues guineana, ¿no lo ves? —ríe la chica negra—. Yo soy Akeng, y soy noruega.

Quan le sonríe y cruza la mirada con la chica del velo.

—A Fabián no le hagas caso, que es medio tonto —dice—. Yo soy Amina.

Quan, Akeng, Javiera y Amina se sonríen. Quizá pasar al instituto sí va a traerle novedades, piensa Quan.

Para empezar, un montón de amigas que son como ella. Que son de aquí.

LAS PRINCESAS GUERRERAS NO CONOCEN FRONTERAS.

MECHA BONFIRE

Ilustración de Alex de Marcos

Adri abre la puerta del sótano. Primero un milímetro. Luego otro. Otro más. Con mucho cuidado, aunque sabe que ya no chirría. Bueno, al menos no chirrió anoche, ni antes de anoche, ni tampoco la noche anterior. Cuando se dio cuenta de que necesitaba una guarida para su plan, engrasó bien las bisagras. Por si acaso, va con cuidado. Nunca se sabe. Eso es lo que siempre dice Mecha Bonfire. Y Mecha Bonfire no se equivoca nunca.

Adri tarda casi un minuto en abrir la puerta, milímetro a milímetro, lo justo para caber por ella, y otro tanto en cerrarla. Misión cumplida. Ahora solo tiene que bajar las escaleras sin encender la luz. Resopla cuando se quita las pantuflas y tantea con el pie descalzo el primer peldaño. Piensa en lo guay que sería poder invocar el fuego, como hace Mecha. Chasquear los dedos y que en la palma de su mano apareciera una llama que le iluminara el camino. Pero Adri no es Mecha. Él no tiene superpoderes, y no quiere que nadie se entere de lo que está haciendo, así que no le queda más remedio que bajar a oscuras.

Adri se concentra. No puede equivocarse al contar. Son trece escalones. Trece posibilidades de que la madera cruja. Le vendría bien que fueran menos —hace dos noches se clavó una astilla en el talón al pisar el primero y tuvo que bajar los otros doce mordiéndose los carrillos para no gritar de dolor—, pero en realidad el número le gusta. Es un número que arrastra una maldición, igual que Mecha Bonfire. Adri piensa que, si su ídolo tuviera un número de la suerte, sería el trece. Antes de terminar de pensarlo, pisa el decimotercer peldaño y llega al sótano.

Aquí ya está a salvo, nadie va a oírle, pero todavía no puede bajar la guardia. Nunca se sabe. Adri tantea la pared con la mano hasta encontrar el interruptor y la bombilla del techo chisporrotea al encenderse. Cierra los ojos para acostumbrarse a la luz, mira al fondo del sótano, donde la máquina de coser de su bisabuelo lleva cogiendo polvo desde que cerraron la sastrería, y camina hacia ella.

Adri toma una fotografía mental de la mesa de costura. Cómo están colocadas las tijeras, si la cinta métrica está enrollada o suelta, de qué color es el hilo enhebrado en la aguja, cuánto mide. Aunque la máquina llevaba un montón de tiempo muerta de risa, esta semana a su padre le ha dado por bajar a coser todas las tardes. Adri no quiere que nadie se entere de lo que está haciendo, así que tiene que dejarlo todo exactamente igual que estaba. Si tuviera los superpoderes de Mecha sería muy fácil, le bastaría con un simple conjuro de regresión. Pero como solo es un simple humano, tiene que confiar en su buena memoria. Es una faena pero, si lo piensa, es un precio pequeño que pagar por estar un paso más cerca de convertirse en su ídolo.

Adri coloca el taburete frente a la máquina y se calza otra vez las pantuflas para activar el pedal de hierro. La máquina de coser es muy antigua y, cada vez que pisa el pedal, suena como si alguien hubiera pulsado a la vez las teclas de mil máquinas de escribir. Podría usar la otra, la moderna. Esa es eléctrica, más pequeña y menos escandalosa, pero Adri prefiere la del bisabuelo. No solo porque es mucho más bonita, con sus curvas negras y sus flores doradas pintadas en el hierro. La prefiere porque, al pisar el pedal, siente que los espíritus de sus antepasados sastres le poseen. Y entonces Adri, como por arte de magia, sabe coser. Se imagina que es Mecha en el cómic en el que tocaba por primera vez el caldero ancestral y en su mente aparecía la receta de la poción explosiva. O en aquel otro, en el que aprendía a volar mientras barría el patio con el escobón que su abuela usaba para ahuyentar a los ratones. No es verdad, claro. A Adri no lo posee ningún espíritu y en el sótano no hay magia, solo unos cuantos patrones que se ha bajado de internet y un móvil encendido que reproduce un tutorial donde se explica cómo coserse una capa. Pero, ya que últimamente se pasa las noches cosiendo en lugar de dormir, Adri se concede el lujo de soñar.

Ya solo le queda eso, la capa. Es roja y de un tejido metálico que, dependiendo de la luz, parece naranja o amarilla. Más que una capa, parece una llama ardiente. Como el poder de Mecha. Adri se imagina las caras de sus amigos cuando se la vean puesta en el estreno de la película. Van a alucinar. Le preguntarán dónde la ha comprado, querrán tener una igual que la suya.

Adri se emociona tanto imaginándose el estreno —de la peli y del traje— que se despista y está a punto coserse el dedo índice al dobladillo. Deja de pisar el pedal y bosteza. Está cansadísimo, pero no le importa. Porque la capa, el toque final, está quedando genial. Ha merecido la pena. Y nadie se reiría de un disfraz tan genial, ¿verdad? Adri duda un momento. Solo uno, porque a estas alturas ya no tiene sentido dudar. El estreno es mañana, no hay vuelta atrás. No tiene tiempo de preparar un disfraz nuevo. Y, además, no quiere un disfraz nuevo. Quiere este, el que lleva semanas cosiendo a escondidas. El de Mecha Bonfire. Señora del fuego, descendiente de una bruja que consiguió esquivar la hoguera, poderosa hechicera y pesadilla de los villanos, a los que combate con un traje precioso que parece una llama ardiente. Adri quiere lucir su disfraz y callarle la boca a todo el mundo. A sus amigos, que se ríen cada vez que reconoce que su superhéroe favorito es una superheroína. A su padre, que al principio se ofreció a ayudarle con el traje para el estreno, pero que luego se negó rotundamente a hacerle un «disfraz de chica». Ni siquiera quiso escucharle cuando Adri le recordó que en carnavales había ayudado a Sonia, su prima, a preparar su disfraz de Verdugo, el supervillano enemigo de las brujas.

—No es lo mismo —zanjó su padre, y no hubo más que hablar.

Adri sabe perfectamente que no es lo mismo. Nadie se reirá de Sonia si se presenta al estreno vestida de Verdugo. Y de él… Bueno, Adri no es tonto. De él sí, por muy genial que vaya a quedarle el traje. Por lo menos al principio, cuando piensen que es uno de esos chicos que se disfraza de chica en broma porque no se las toma en serio. Pero Adri se toma a Mecha Bonfire muy en serio. Supo que era su heroína favorita cuando leyó el número en el que dejó de avergonzarse de tener sangre de bruja y empezó a mostrarse orgullosa de ser quien era. Cuando dejó de tenerse vergüenza, el mundo entero empezó a admirarla. A envidiar sus poderes mágicos, su capacidad para manejar el fuego. Adri sabe que no va a ser inmediato. Si a Mecha, que hace magia, le costó meses que la aceptaran, lo suyo no será cosa de un día. Mañana su padre se enfadará, le pedirá que se cambie de ropa si quiere que lo lleve en coche al estreno, pero él no piensa salir de casa con otra ropa que no sea esa. Sus amigos se quedarán boquiabiertos cuando lo vean aparecer con la peluca, el traje ajustado y la capa de color fuego. Pero sabe que después de las primeras risas, van a alucinar. También estará Sonia, que es la única que sabe lo que se trae entre manos. Ella lo ayudó a encontrar los patrones y lo acompañó a comprar las telas. Cuando sus amigos vean que Sonia no se ríe, se darán cuenta de lo en serio que va. Y entonces le preguntarán dónde ha comprado la capa, querrán tener una igual. Está seguro. O quiere estarlo, al menos.

Adri bosteza. Está muy cansado y tiene ganas de acabar ya. Pisa el pedal de hierro con energía y termina de coser el dobladillo. Cuando está lista, la extiende en el suelo, bajo la bombilla del sótano, y la mueve para admirar los reflejos metálicos del tejido. Amarillo, naranja, rojo, naranja, amarillo. Es preciosa. Es perfecta. Como una llama ardiente. Nunca se sabe, no puede estar seguro, pero Adri cree que a Mecha Bonfire le encantaría.

VISTA YO VALIENTE, RÍASE LA GENTE.

NENAZA

Ilustración de Aitor Saraiba

Me escabullo como puedo, pero Sebas es un lince. Con él no hay disimulo que valga. Siempre me caza.

—¿Adónde vas? —me pregunta, arrugando la ceja partida.

—¿Pues adónde voy a ir, tío? —me hago el ofendido—. ¡Al baño, que me meo!

Sebas frunce aún más las cejas, retira el labio superior y me enseña los colmillos. No es un gesto inconsciente, lo hace porque sabe que me da miedo. *Me lo daba,* me corrijo. *Me lo daba.*

—¡Sebas, tío, que me lo hago encima! —protesto, imitando su mueca.

Cuando por fin me concede permiso, relajando la frente y asintiendo con un gruñido, echo a correr hacia el baño, agarrándome la entrepierna con las dos manos mientras todos echan a reír.

Las carcajadas se me clavan en la espalda, me tensan todos los músculos. Es un gesto instintivo, y la rigidez dura solo un momento. *Se ríen conmigo, no de mí,* me recuerdo. *Conmigo, no de mí.* Sin darme cuenta, he dejado de correr, y cuando se me relajan un poco los hombros, sigo haciéndolo.

En cuanto doblo la esquina del patio y estoy seguro de que Sebas ya no me ve, me suelto la entrepierna. Dejo de correr como un chimpancé y camino de nuevo con paso normal. El recreo terminará pronto así que, si remoloneo lo suficiente, no tendré que volver al patio. Es un alivio. La piedra que me aplasta el pecho se levanta un poco, pero vuelve a estrujarme los pulmones en cuanto llego a la puerta del baño. Todavía no la he abierto, y ya le oigo sollozar.

Inspiro hondo y entro. Lo primero que veo es su reflejo. Está sentado en una de las tazas, con la puerta abierta. Se sujeta la cabeza con las manos y le tiembla el cuerpo entero. Llora como el nenaza que todo el mundo dice que es. Primero siento pena y, después, rabia. ¿Por qué no se esconde? ¿No se da cuenta de que van a verle si no cierra la puerta? ¿De que el recreo está a punto de acabar? Sebas y los demás aparecerán en cualquier momento. No lo entiendo. No sé si no tiene instinto de supervivencia o si, directamente, es tonto. No me ha visto entrar. Sigue llorando, hecho una pelota temblorosa. Tan alto que se le escucha desde el pasillo, llamando la atención. A veces pienso que se merece todo lo que le pasa. Igual debería dar media vuelta ahora mismo. Hacer lo que he dicho que venía a hacer y seguir a lo mío. No tengo por qué hacer esto. Yo no me meto en líos. Ya no.

Él, en cambio, es un lío con patas. Un imán para los problemas. Haga lo que haga, cobra. O más bien, cobra porque se emperra en seguir haciendo lo mismo. Lo que no tiene que hacer. No aprende. Ni siquiera a golpes. Resoplo, tomo aire otra vez y lo suelto haciendo mucho ruido. Quiero que me vea, que me dé una excusa para no largarme por donde he venido y dejarle aquí. Si me entretengo, Sebas y los demás se preguntarán dónde estoy. No conviene que me vean aquí con el nenaza. Dejarse pillar es de tontos. Y yo no soy tonto, aunque lo que estoy haciendo ahora mismo sea una tontería. Sí, debería irme. Ya he retrocedido un paso hacia la puerta, pero entonces la suela de las zapatillas chirría sobre las baldosas y la excusa que estaba buscando aparece.

Alarmado por el ruido, el nenaza levanta la cabeza. Cuando me ve, se encoge instintivamente y se tapa la cara con las manos, pero entonces me mira a los ojos y sabe que no he venido a pegarle. No es tonto. Cabezota sí, pero tonto no es. Tiene en los ojos un brillo de chico listo. Es una pena que sea tan poca cosa. Si fuera más grande, Sebas no se metería con él. Los listos le dan miedo. Los listos grandes y fuertes, los mayores, porque a los débiles… los caza. No es culpa del nenaza ser bajito o delgado, ni tampoco que Sebas sea un cazador. No es algo que pueda solucionar. Pero lo otro sí. Lo otro sí que puede arreglarlo.

—¿Qué quieres? —me pregunta con voz chillona, y sus manos vuelan como pájaros frente a su cara.

Me dan ganas de agarrárselas y decirle que tiene que empezar por ahí. Por mantenerlas quietas cuando habla. Que se las meta en los bolsillos, o que cruce los brazos y las esconda debajo de las axilas. Cuando tenga la mitad superior del cuerpo controlada, lo siguiente sería dejar de cruzar las piernas cuando se sienta. Si quiere que dejen de meterse con él, tiene que abrirlas y ocupar todo el espacio que pueda, aunque no lo necesite. Tal vez parezca una tontería, pero no lo es. La pose, la apariencia, lo son todo. Lo pienso, pero no se lo digo. No sé cómo hablar con él sin delatarme. Tampoco sé qué hago aquí, poniéndome en riesgo sin necesidad.

—¿Qué quieres? —repite él, al ver que no me muevo ni hablo.

El cuerpo se le sacude de pura rabia y vuelve a llorar. Lo que quiero es decirle que deje de llorar. Secarle las mejillas con la manga, darle un pañuelo para que se suene la nariz, enseñarle una técnica infalible para camuflar párpados hinchados usando un trozo de papel empapado primero en agua fría y luego en agua caliente. Decirle que lo único que tiene que hacer es imitar la pose de Sebas, su manera de caminar. Gritar como ellos, hacer el bruto como ellos. Dejar de mover las manos como si fueran pájaros, vestirse con la ropa que usa todo el mundo, en lugar de con camisas de colores y pantalones ajustados. Unirse a los partidillos en el patio en lugar de dedicarse a leer a la hora del recreo, dejar de juntarse tanto con las chicas y de pasear ese enorme violonchelo cuando tiene conservatorio, acompañar las carcajadas de Sebas cada vez que saca el móvil y enseña las fotos guarras que se ha bajado de internet. Se meten con él por ser un nenaza. Lo único que tiene que hacer comportarse como un chico de verdad.

Eso es todo lo que quiero decirle, pero no se lo digo.

—Vete de aquí y déjame en paz —me pide, más calmado—. Si nos ven juntos, volverán a meterse contigo —añade, subrayando las palabras con el movimiento de sus manos.

Noto un escalofrío. *Volverán,* ha dicho. Esa palabra me duele más que cualquier puñetazo o insulto de Sebas. Porque significa que al nenaza no le engaño. Que se acuerda de que era a mí al que le hacían la vida imposible antes de que empezaran a amargársela a él. Sabe perfectamente que lo mío es un disfraz. Y si lo sabe, entonces no tengo nada que enseñarle. No pinto nada aquí. *Tú mismo,* pienso mientras retrocedo hacia la puerta. Él me sostiene la mirada, orgulloso. Y así, con mis pupilas clavadas en las suyas, me doy cuenta de algo. El nenaza no es débil, qué va. Es pequeño y delgado. Delicado y frágil, pero débil no. Hay que ser muy fuerte para ser tan cabezota. Hay que ser muy valiente para no dejarse llevar, para seguir siendo uno mismo, aunque vayan a machacarte por ello. Lo que yo venía a enseñarle era el camino fácil, el más rápido. Pero para hacer lo que él hace, para eso sí que hay que ser duro.

—No —le digo yo.

—No, ¿qué? —me pregunta.

—Que no me voy.

—¿Estás seguro?

Asiento con la cabeza, aunque tiemblo como un flan. Porque no estoy seguro, claro que no. Lo que quiero es irme, largarme corriendo antes de que suene la campana del recreo y Sebas y los demás entren en el baño como una estampida. Olvidarme de que yo antes también leía, dibujaba y me permitía llorar cuando necesitaba hacerlo. Olvidarme de todo esto, volver a disfrazarme, pasar desapercibido. Eso es lo que quiero, pero me quedo. Me quedo con él, le tiendo la mano, le acompaño al pasillo. A lo lejos veo a Sebas y los demás, que me miran como si acabara de cometer la peor de las traiciones. Pero no me importa.

Porque ha llegado la hora de ser un hombre de verdad.

JUAN SIN MIEDO NO ERA VALIENTE; TÚ SÍ PORQUE LE HACES FRENTE.

LA EQUIDAD DE GÉNERO, NUESTRA HOJA DE RUTA

InteRed

Creemos que una sociedad más justa pasa por hacer que niñas y niños alcancen la igualdad de derechos y oportunidades; y para ello es imprescindible educar para la equidad.

Por esta razón, el 3% de los ingresos que genera la edición y venta de este libro van destinados a InteRed, una ONG cuya misión es la promoción del derecho a una educación de calidad.

InteRed está integrada por una red de 11 delegaciones y presencia en 28 ciudades españolas y desarrolla proyectos en 11 países de América Latina, África, Asia y también en España.

Haz tu contribución por un mundo más justo. Envía un SMS con INTERED al 28014 y contribuye con 1,20 € al trabajo de InteRed por el derecho a la educación.

Para más información, visita su página web:
www.intered.org

Papel certificado por el Forest Stewardship Council®

Primera edición: febrero de 2019
Segunda reimpresión: diciembre de 2024

© 2019, Sara Cano, por el texto
© 2019, Penguin Random House Grupo Editorial, S. A. U.
Travessera de Gràcia, 47-49. 08021 Barcelona
© 2019, Agustina Guerrero (1), Amaia Arrazola (2), Lady Desidia (3), Naranjalidad (4), Ana Santos (5), Elena Pancorbo (6), Laura Agustí (7), María Hesse (8), Alex de Marcos (9), Aitor Saraiba (10)

Penguin Random House Grupo Editorial apoya la protección de la propiedad intelectual. La propiedad intelectual estimula la creatividad, defiende la diversidad en el ámbito de las ideas y el conocimiento, promueve la libre expresión y favorece una cultura viva. Gracias por comprar una edición autorizada de este libro y por respetar las leyes de propiedad intelectual al no reproducir ni distribuir ninguna parte de esta obra por ningún medio sin permiso. Al hacerlo está respaldando a los autores y permitiendo que PRHGE continúe publicando libros para todos los lectores. De conformidad con lo dispuesto en el artículo 67.3 del Real Decreto Ley 24/2021, de 2 de noviembre, PRHGE se reserva expresamente los derechos de reproducción y de uso de esta obra y de todos sus elementos mediante medios de lectura mecánica y otros medios adecuados a tal fin. Diríjase a CEDRO (Centro Español de Derechos Reprográficos, http://www.cedro.org) si necesita reproducir algún fragmento de esta obra.

Printed in Spain – Impreso en España

ISBN: 978-84-16588-86-2
Depósito legal: B-25.924-2018

Compuesto en La Nueva Edimac, S. L.

Impreso en Liber Digital, S. L.
Casarrubuelos (Madrid)

NT 8 8 8 6 A